Bar H

di Antonio Matteo Ghione

Bar H

ISBN 978-0-244-50278-2

Dedicato a tutti e a nessuno.

Prefazione

Il Bar H è un luogo di ritrovo, di incontro e di scontro. E' situato in un paesino disperso in qualunque luogo del mondo. Non ha nazionalità, non è identificato. Ogni personaggio è frutto di fantasia malcelata. Racconta la storia di tutti e di nessuno. A tratti è comico a tratti drammatico, dispersivo e aggregante. Malinconico, falso e vero.

Ha una sua identità definita ma, allo stesso tempo, non esiste se non ovunque.

"Aperitivo per noi è un eufemismo. Chiamiamo il Bar H con il nome che gli compete: centro di smarrimento"

"C'è chi va nei centri di recupero per rinsavire. Noi andiamo al bar per non sapere più chi siamo"

I

Negli anni la consuetudine aveva superato qualsiasi modello di accordo scritto, o orale, inventato dal genere umano.

Non esisteva clima, stagione, sole, neve, pioggia, nebbia, festività religiosa o di Stato che potesse interrompere la “consuetudine“, appunto, di incontrarsi al bar ogni sera dopo le fatiche, le noie, le vicissitudini e le gioie del lavoro.

Turnisti, operai, professionisti, gente che non si capisse bene cosa facesse per vivere, baristi, parrucchieri, donne di servizio, imprenditori, autisti, macchinisti, stregoni, preti e puttane. Tutti spogliati senza più un’identità definita. Una volta varcata la soglia di quell'edificio, luogo di incontro e disperazione, erano tutti la stessa cosa.

Ci si mischiava, ci si scambiava l'identità, le ideologie venivano distorte andandosi ad immergere in fiumi impetuosi di alcol che il giorno seguente avrebbero, diligentemente, gettato nel "Mar Dimenticatoio" ogni singola parola, esperienza o idea balzata fuori da chissà quale mente salvata per un soffio dall'annegamento.

Terminato il turno di lavoro Piero non correva al bar, non tanto perché non volesse ma proprio perché, ormai dopo anni di frequentazione ligia e costante, la birra aveva reso impossibile qualsiasi movimento più faticoso di una semplice passeggiata.

Arrivato sulla soglia solo un ultimo ostacolo lo separava dal bancone, lo scalino di dieci centimetri che, per chiunque a riposo sarebbe sembrato una cosa ridicola, ma per lui, dopo il chilometro di passeggiata e la voglia di assaporare l'ennesima birra della vita, sembrava una montagna dalle fonti ghiacciate e salvifiche ma tremendamente faticosa da raggiungere. Un viaggio verso il Graal, un'avventura alla ricerca di risposte a domande mai poste. Il sogno dell'Eldorado, l'Atlantide dei paladini della birra, il vello d'oro degli Argonauti.

Era uno dei personaggi più popolari del bar, forse il più noto, conosceva tutti. Per questo quando arrivava stremato e si appoggiava all'infisso della porta di entrata col fiatone faceva ancora più fatica a riprendersi, perché era costretto dalla sua indole a salutare chiunque.

Solitamente era tra i primi ad arrivare ma quando capitava di non esserlo, chiunque lo vedesse giungere dalla lontananza ordinava una birra per lui, in modo da dargli ristoro istantaneo.

-Piero sono ancora le sei…

-… Sì Fabrizio grazie

Alle sette pomeridiane il giornale era considerato del giorno prima, grazie ad una legge non scritta ma fondamentale. Chiunque lo aprisse per leggere anche un solo articolo si vedeva strappare dalle mani le trentasette pagine di carta riciclata, le quali finivano regolarmente nel cestino se non eri del paese, arrotolato su se stesso e usato come manganello se avevi la fortuna di viverci.

-Hai visto? Abbiamo vinto anche ieri

-Sì siete proprio forti, ormai puntate dritti alla Champions

Rispose sarcastico Alberto, tifoso sfegatato dell'altra squadra della città.

-Siete tutti uguali voi dell'altra metà.

-La metà bella

-La metà e basta

-Fabrizio fanne due va

La birra era sempre un deterrente a qualsiasi tipo di discussione sgradevole. Sgradevole non era mai nulla, in realtà erano sempre sfottò, non passava minuto senza che qualcuno non venisse preso in giro da un altro.

Si iniziava tra loro del paese per vagare verso il foresto di turno ed arrivare anche oltre oceano se il tasso alcolico saliva al punto giusto.

Diciamo che il tasso alcolico stava ai viaggi mentali come il cherosene a un aereo.

Arrivando tra i primi Piero aveva la "fortuna" di conoscere davvero tutti. Se li vedeva passare davanti uno alla volta. Chi si fermava per cinque minuti e chi restava lì fino a chiusura.

A volte era lui a dare una mano a Fabrizio o Giulio a tirare dentro i tavoli.

Qualcuno gli scivolava addosso come scivola l'acqua sui sassi, altri invece gli entravano nell'animo, alcuni li sopportava davvero, qualcuno invece non lo poteva soffrire ma l'alcol era un ottimo modo per sopportare tutti o quasi.

I fedelissimi poi si riducevano a quattro o cinque soliti che facevano chiusura con lui.

Verso le diciannove era il momento di Davide. Per pochi eletti Re Davide, che, a dispetto del soprannome, era un instancabile lavoratore, almeno a suo dire.

Usciva da casa la mattina presto, iniziava a lavorare e, cascasse il mondo, portava a termine la consegna della giornata.

Cosa facesse di preciso Piero non lo sapeva e poco gli importava, a lui era sufficiente ascoltare il suo sapere e la conoscenza, vasta ed infinita, almeno fino all'avvento degli smartphone.

Già, perché ormai ogni cosa detta, dichiarata o anche solo accennata, era verificata in tempo reale su un qualsiasi motore di ricerca. Nella maggior parte dei casi veniva smentito ma spesso ci prendeva.

Tutto era in relazione all'ora in cui l'oracolo veniva esposto. Più si andava in là nella serata più era grossa l'uscita e diveniva sempre meno difendibile.

Una volta, verso ormai le ventuno, era uscita fuori una traversata colossale: con un cinquantino, in due da Genova all'Africa sub sahariana. Argomento spesso riproposto da lui come vanto e recepito dal resto della compagnia come una delle più grandi cazzate mai partorite da una mente pseudo normale.

Normalità. Parola sconosciuta in quel paese. Ogni giorno si palesava un personaggio nuovo. Mai totalmente centrato.

-Finito per oggi?

-Lascia stare. Ho girato più della merda nei tubi

-Allora bevi, no?

-Cosa sto facendo secondo te?

-Intanto non me ne stai offrendo una

-E' già sul bancone

-Oggi avrò fatto si e no duemila chilometri

-Scherzi?

-Ti sembra?

Quando la boutade era inverificabile, ovviamente, non c'era motore di ricerca che tenesse e si doveva credergli, certamente non al cento per cento ma con le giuste proporzioni.

Quando però attaccava a parlare di misure, ponti, costruzioni in genere, storia, politica dei tempi che furono o musica, i cellulari intelligenti schizzavano fuori dalle tasche come le talpe dalle tane.

Allo scoccare della terza birretta di Piero la compagnia era al completo.

Dario aveva già preso in giro mezza popolazione mondiale con quel suo sorriso borghese e la sua attitudine allo scherzo. Il falegname, grande amico di re Davide, aveva già raccontato le vicende del weekend. Era fenomenale lui nel raccontare aneddoti.

-Ieri siamo andati a mangiare da "Massi". Incredibile Massi. Ci ha raccontato tutto il suo matrimonio. Erano in cinquecento. Allora gli ho detto…

-Sì ma non ci stavi raccontando del lavoro di ieri?

-Vabbè era per essere più completo

-Sì ma se racconti dal milleottocento poi quando andiamo a cena…?

-Erano cinquecento e il padre di lei…

-Va bene raga un attimo. Fabrizio altre cinque per favore

L'aneddoto in sé risultava esilarante più per come era raccontato che per i contenuti. La gestualità e le movenze di Mauro erano tali da non poter evitare di ridere.

Le serate dopo il lavoro trascorrevano all'incirca tutte con le stesse modalità.

Una ripetitività boleriana, un crescendo lento e costante di storie inventate, aneddoti più o meno divertenti, sfottò all'uno o all'altro, sigarette di Davide che venivano dichiarate pubbliche una volta che il pacchetto toccava, anche solo per sbaglio, il tavolo e birre ad accompagnare le voci e le risate dei partecipanti.

Piero rideva e partecipava quasi sempre al centro del discorso. Era la trait d'union di tutti. Qualcuno si scriveva addirittura i suoi turni di lavoro per sapere sempre se sarebbe sceso al bar o no.

Lui non si sentiva una persona speciale ma sapeva di essere ben voluto.

Riceveva circa mille messaggi al giorno da chiunque. Lo avevano inserito in una quindicina di gruppi di chat, ci si chiedeva come facesse a gestirli ma lui sembrava riuscire a sopportare tutto quel peso amicale.

II

L'Inverno offriva serate fredde e grigie da trascorrere all'interno delle mura della tana alcolica.

Il freddo, complice l'alcol, sembrava gelare i problemi e le preoccupazioni di ognuno.

In quelle poche ore in cui la sera si ritrovavano non esisteva tristezza o mal umore. La compagnia aiutava a sopportare i lamenti che la vita portava con sé.

Una volta fuori da quel macello di esseri umani vaganti Piero si ritrovava solo a vagare verso casa. Nonostante la fatica che il chilometro lo portasse ad affrontare, scendeva per la maggior parte delle volte a piedi, senza mezzi, solo con le proprie forze.

La parte di serata che lo portava dal bar a casa, esattamente a metà tra l'aperitivo festante e la cena solitaria, era un momento di raccoglimento. L'unico istante in cui la mente poteva stare da sola con lui.

I pensieri correvano lungo la spina dorsale, accerchiavano lo stomaco e si ripresentavano in gola.

Dietro alla maschera da jolly, si nascondeva una persona sensibile, anche se solo alle proprie faccende.

Il resto del mondo era inutile, serviva solo a cacciare indietro le pene causate da scelte proprie non imputabili ad altri.

La notte fortunatamente scorre veloce, soprattutto se la sera si è trangugiato quantità non trascurabili di alcol.

I pensieri della passeggiata sono già sepolti sotto la routine. Colazione, vestizione, corsa al lavoro. Ogni giorno lo stesso, ogni ora ogni minuto lo stesso movimento. Nessun moto contrario, nessun sovvertimento dello status quo.

Andava bene così.

Finite le otto ore canoniche, di nuovo in macchina, ancora a casa, un'altra volta al bar.

-Com'è?

-Come vuoi che sia?

-Dimmelo tu

-Sempre la stessa merda

-L'hai più sentita?

-Ma chi?

-Capito. Fabrizio due birre

La routine era comprendente delle delusioni d'amore. Se non veniva deluso almeno una volta a settimana sembrava non essere felice. Eppure la felicità sembrava essere altro. Eppure l'amore sembrava essere altro. Ma forse quando si parla di altri non ci si rende conto che si sta parlando anche di se stessi.

-O guarda c'è Danilo

-Meno male va’

-Allora Danilo?

Danilo era una persona socievole ma non troppo. Chiuso in se stesso e poco propenso alla confidenza se non dopo anni e anni. Lo conoscevano poco anche i suoi amici storici.

-Allora me ne bevo una

-Allora fai bene

Si sedeva raramente al tavolo, soprattutto in inverno, ma quando era particolarmente provato dalla giornata si doveva arrendere e accettare l’invito.

-Dite che è normale questo caldo a dicembre?

-Dico che non essendo normale questo paese, anche il clima si è arreso

Piero ascoltava facendo le sue smorfie. Danilo parlava poco ma adorava fare battute a doppiosenso con Silvio. Spesso le capivano solo loro due, se la ridevano per un po’ e poi la spiegavano, inutilmente, agli altri.

-Guardate che non è che non le capiamo. È che sono così stupide che vorremmo non averle mai ascoltate

Esordì Davide spuntato dal nulla.

-Mi sanguinano le orecchie

-Scusa Danilo ma tu lo sai vero che le porte in Inghilterra…

-… Non si aprono con le chiavi inglesi?

La battuta, ovviamente, generò la risata dei due e provocò l'aggravamento dell'emorragia delle orecchie di Piero.

-Dai Fabrizio fanne altre quattro per cortesia

-Incredibile oggi tremila chilometri

-Davide se vai avanti così fai il giro del mondo

-Quello l'ho quasi fatto l'anno scorso

-Quasi?

-Sì mi sono fermato in Cina

-Sei stato in Cina?

-Hai voglia

-Beh sì ne avrei anche voglia

-Ci sono stato una settimana

Gli altri si guardarono con aria divertita

-Raga è arrivato

Sulle strisce pedonali, in mezzo alla carreggiata la sagoma di Mauro stava scherzosamente mandando a quel paese una macchina occupata da non si sa chi.

Arrivato al tavolo il saluto era sempre lo stesso.

-CANI

-Ciao coglione

-Vabbè io bevo

-Vedi di offrire

-Fabrizio altre cinque

-E' finito il fusto

-E cambialo no?

In coro senza mettersi d'accordo. Il tempo fa questi scherzi. Tampona alcune ferite, quelle superficiali, e unisce a doppio filo chi si frequenta assiduamente e condivide la stessa voglia di spegnere il cervello almeno per un'ora al giorno.

-Io vado

-Dai Silvio ancora una

Quando qualcuno diceva ancora una significava sempre terminare con altre tre. Stava alla forza di volontà dell'altro accettare o meno.

-No basta, non ce la faccio più a sopportarvi.

Silvio era sempre schivo e sulle sue. Rideva con gli altri ma non riusciva mai, per indole, per scelta, vai a sapere, a integrarsi con qualsivoglia compagnia.

Amico di tutti, amico di nessuno.

-Dai allora vado anche io

-Andate a cagare vado anche io

III

Quella sera era particolarmente buia, l'ultima alluvione aveva abbattuto alcuni pali della luce e l'amministrazione faticava a sistemare l'illuminazione.

Piero si ritrovò solo, nel buio della passeggiata. Attorno il rumore delle onde e di alcune auto che si apprestavano a tornare a casa.

Le guardava scorrere davanti ai suoi occhi. Lasciavano solo scie luminose dietro di loro. Si chiedeva dove fossero dirette. Se il conducente stesse correndo dalla famiglia, dall'amante o se stesse fuggendo dall'una o dall'altra. Se anche loro avessero quel momento della giornata in cui ogni pensiero si accalca l'uno sull'altro non lasciando spazio anche solo per un sospiro.

Il paese era così. Caotico in estate, letargico in inverno. Lasciava il tempo per pensare a qualsiasi cosa. Il suo silenzio era tale da trascinarti con sé nel suo oblio.

I pensieri correvano veloci, si inseguivano come facevano i bambini nelle piazze prima dell'avvento dei telefoni intelligenti, che sanno tutto, illudono le persone di sapere qualsiasi cosa, facendole eleggere a homo tutto sapiens per poi non accorgersi di saperne meno dell'uomo di neanderthal.

Ronzavano nelle orecchie, i pensieri, come sciami di cavallette. Si poteva iniziare da dove la mente voleva per poi arrivare a non ricordare nemmeno dove si fosse arrivati.

Si iniziava a pensare ai dieci minuti appena trascorsi, l'ultima birra, l'ultima battuta, per passare all'adolescenza. Alla sua leggerezza, così soffice da essere percepita come un macigno enorme da portare sulle piccole e fragili spalle di ragazzino. Tanto soave da creare scompensi tra chi crea e chi è creato. Si arrivava allora a guardare in alto, là dove avrebbero dovuto esserci le lampade accese, ormai spente dalle intemperie, per cercare le stelle alle quali rivolgersi e rendersi conto che quel macigno era in realtà una piuma d'oro da tenere tra le mani e accarezzare con cura.

Perché il tempo passato ha un significato profondo solo nel momento in cui possiamo osservarlo da lontano, quando ormai è tardi per rendersi conto che il peso non è in quegli anni ma in quelli a venire, sempre che di peso si possa parlare.

E i pensieri vagano, corrono, si inseguono, le cavallette sono rumorose e infestanti a tal punto da accavallarsi così tanto l'una sull'altra da non riconoscerne più l'inizio di una e la fine dell'altra.

Il presente pareva buio come quella strada. Non sembrava esistere una via d'uscita plausibile. Anche le stelle, da sempre faro dei naviganti, erano coperte dalle nubi apparse all'improvviso.

“Ma dove sto andando?“

La domanda era duplice. Con i pensieri immersi nel buio non si rese conto di essere andato oltre la via di casa. Aveva saltato il bivio che dall’altra parte della strada lo portava a casa.

Scompiglio tremendo nella sua routine.

Aver modificato il tragitto dopo anni, lo aveva quasi messo in seria difficoltà.

Come se avesse perso il senno, il senso, la bussola, il centro.

Aveva percorso quasi duecento metri in più. Un niente. Un ago nel pagliaio. Una goccia di fine pioggia londinese in un oceano.

Eppure si sentì turbato. Cosa fosse quel sentimento non lo riusciva a capire. Ma quel “dove sto andando” era il sunto di una situazione al limite del nulla.

Quelle macchine che correvano a casa verso un obiettivo mentre lui correva a casa senza un vero e proprio motivo. Era più un’abitudine. Alle venti doveva essere tra le sue mura, al più nel portone. Non un’esagerazione, non un’uscita dagli schemi e quel ritardo di ventimila centimetri significava un cambiamento inaspettato, non cercato, tanto-meno voluto.

Nonostante tutto la chiave entrò ugualmente nella toppa, allo stesso modo di sempre sì apri il portone e come al solito trovò la casa come l’aveva lasciata poche ore prima, vuota.

IV

-Ancora niente Piero?

-No niente

C’era grande apprensione al bar in quei giorni. Veramente c'era grande apprensione dentro Piero in quei giorni, ma riusciva a trasmetterla talmente a tutti che d’un tratto tutti diventavano politologi.

La legge non era ancora stata varata e questo faceva stare male Piero e di riflesso tutto il bar.

Chiunque entrasse si sentiva in dovere di dire la sua a riguardo.

Nessuno aveva argomentazioni proprie. Tutto un sentito dire prima, creduto poi e, infine, cambiato a piacimento. Come le storie tramandate dai nonni ai genitori e di naturale conseguenza ai loro figli. Ruscelli nati come tali che nel corso degli anni, col trascorrere del tempo, si trasformano inevitabilmente in torrenti, fiumi, cascate e in fine in ondate di acqua senza freni.

Piccoli aneddoti che diventano leggende da iscriversi nel fantastico libro dei miti mai esistiti e per questo amati.

In breve tempo da una semplice domanda di Silvio a Piero si scatenò la bufera di luppolo sputato dalle bocche frenetiche ed urlanti, e più saliva il numero delle birre spillate da Giulio e più le parole crescevano di potenza.

Un putiferio di parole lanciate a caso senza arte né parte.

Davide esternava le sue idee al malcapitato che ascoltava in silenzio, Dario. Questa volta era toccato a lui ascoltare la lezione di vita del re. Annuiva e pensava al prossimo bicchiere da ordinare.

Ad occhi attenti era palese leggere in quello sguardo l'assoluta assenza di attenzione, ma quelli dell'interlocutore, del paroliere se vogliamo, erano troppo intenti ad osservare sé medesimo per poter accorgersi di dove fosse effettivamente posta l'attenzione altrui.

Danilo cercava di non essere coinvolto, la politica era qualcosa di troppo confidenziale per i suoi gusti, Gerardo teneva banco esclamando ripetutamente che avendo avuto esperienze politiche a livello comunale, era l'unico a poter parlare. Piero era d'accordo con lui e continuava a mostrare articoli e foto sul cellulare a chiunque non credesse alle parole dell'oratore.

Silvio capiva sempre meno con chi parlare.

-Fabrizio una per favore

Ed uscì con il bicchiere in mano e una sigaretta stretta tra i denti.

Ad attenderlo c'era, come sempre, lo Sceriffo. Fermo davanti alla porta a sorseggiare Gin Tonic con la sua sigaretta in mano e gli occhiali da sole in ogni momento dell'anno o del giorno. Silenzioso e sorridente. Lo Sceriffo perché sempre presente e attento a controllare il via vai dell'H. Non gli importava di niente e di nessuno, guardava senza pensare, salutava, chiacchierava con il personaggio di turno per poi tornare ad immergersi nei suoi pensieri.

L’aria era finalmente fresca, l’inverno stava arrivando seriamente. Tra una boccata e l’altra, Silvio, assaporava l’odore dell’atmosfera. Arrivava dritto al cervello e ai polmoni. Una sensazione di leggerezza lo travolse, mentre dentro l’inferno si faceva sempre più caldo.

V

-Sarebbe allora il caso di lasciare perdere?

-Non dirlo

-Cosa non devo dire? Che mi sono stancato del tuo atteggiamento?

-Anche…

Piero piangeva dentro e si faceva forte fuori.

Avessero saputo i suoi amici quanto soffriva dietro a tutti i sorrisi del bar. Avessero guardato almeno una volta gli occhi di Lei mentre lo soggiogava. Mentre plagiava la sua mente in modo così scaltro e chirurgico. Avrebbe potuto ottenere ogni cosa quella donna.

Non sempre. Certo. Solo mentre lo guardava negli occhi. Altrimenti lui sarebbe stato una roccia. Ma quello sguardo, se lo avessero visto gli amici del bar.

-Io ora me ne vado

-No non andare, stiamo insieme ancora questa notte. Solo una e poi sarai libero.

La razionalità. Lei non c'era mai quando si trattava di Simona. Era sempre l'istinto di un animale poco sviluppato a trattare con Lei. A decidere sulle vicende che li riguardavano. Un animale piccolo come un ratto di campagna a dover affrontare la faina. La competizione dei due era praticamente nulla per manifesta inferiorità.

-Solo per questa notte. Poi non mi vedrai più

E una notte si trasformò ovviamente in una prosecuzione faticosa e scostante di una relazione platonica da una parte ed empirica e carica di significato dall'altra.

Da una parte una dolce ed affettuosa infatuazione ormai quasi spenta, dall'altra, più drammatica, un amore intenso e ardente come il fuoco di un incendio estivo.

-Ora però devo andare

-Va bene

Uscì che era ancora buio. Il sole stava attendendo dietro le quinte dell'universo.

Il sipario dello spettacolo più meraviglioso che la natura possa mettere in scena ogni giorno era ancora abbassato, lieve peso sui pensieri tristi e stanchi di Piero.

Alzò gli occhi al cielo e si domandò ancora una volta dove stesse andando. Aveva sbagliato ancora una volta la via di casa.

Sembrava il subconscio a guidarlo. Non era la sua volontà razionale a muovere i suoi passi o a comandare i suoi gesti, era qualcosa di più interno, nascosto nel più recondito interstizio dell'anima.

Una guida che sussurrava piano consigli inascoltati dalla mente se pur seguiti senza volere dal corpo.

La strada di casa era sempre la stessa, eppure l'errore era ogni giorno a portata di mano.

Senza accorgersi era capitato nuovamente fuori rotta.

I pensieri vagavano ed il ricordo di lui bambino tra le braccia materne in posizione fetale era vivido e lucido. Era come se si potesse vedere lì al caldo dell'affetto della madre. Era meraviglioso il suo profumo quando lo coccolava e gli sussurrava dolcemente parole che solo una madre sa pronunciare al proprio figlio, con quel candore bianco e avvolgente. Il pollice alla bocca e gli occhi socchiusi per sognare un futuro splendente.

Camminava. Un passo dopo l'altro la strada correva sotto di lui come un lungo tappeto tirato da un'estremità da uno sconosciuto.

Futuro splendente, presente pesante.

La vita avrebbe dovuto prendere un'altra direzione. La via verso casa sarebbe dovuta essere in un'altra direzione.

Le scelte hanno sempre ripercussioni a lungo termine che difficilmente si possono prevedere. Soprattutto in un mondo di anime inermi di fronte a corpi inquinati da tutto ciò che è materiale, insensibili agli istinti e alle sensazioni primordiali dello spirito.

Piero se ne stava rendendo conto in quel frangente di vita senza luce, sotto le stelle di un cielo ormai non più suo.

Lasciarla sarebbe stato impossibile, restare al suo fianco

sarebbe stato impensabile. Il bivio che lo avrebbe riportato sulla retta via di casa, una via nuova più sicura, era ormai a pochi centimetri. Si guardò le scarpe, rotte, con i lacci mangiati dal tempo.

"Come vi ho trattato"

Poi girò le spalle e tornò verso casa ripercorrendo la strada a ritroso.

VI

-Oggi Mauro non c'è?

-Lo vedi?

Salvatore era il barista più anziano.

-No non lo vedo

-Allora cosa chiedi?

-Magari lo avevi visto

-No non mi interessa

-Sempre gentile

-No mai dietro al bancone

A Piero in fondo piaceva quel tipo di rapporto con Salvatore. Di giorno era un ruvido personaggio di qualche telefilm, la sera un ruvido compagno di serate trascorse a guardare trasmissioni improbabili alla TV.

Non era mai chiaro il suo atteggiamento, né i suoi sentimenti. A persone poco attente poteva sembrare meschino e vile, ma conoscendolo a fondo si potevano scorgere sfaccettature del suo carattere inimmaginabili. E' chiaro, una persona andrebbe conosciuta nel profondo prima di poterla giudicare ma in fondo una persona è sempre una persona e non andrebbe mai valutata al primo assaggio.

-Fammi un caffè va!

-Va bene cane. Eccolo Mauro

-Oh finalmente

-Ma che cazzo ero a lavorare mica come voi. Salvatore mi fai un toast?

-Come lo vuoi in faccia o te lo lancio per terra?

-Come vuoi basta che mi fai mangiare

-Toh c'è Silvio. Vieni Silvio che mangiamo

-Ma che mangiare devo correre via sono passato solo per mandarvi a cagare

-Ma levati
-Sì sì ciao coglione
-Ci vediamo stasera
-Ciao
-Ciao
-Ciao

Mauro trangugiò il solito toast e Piero, finito il caffè, bevve la sua birra prima di attaccare il turno.

La sera senza Piero al bar era divisa in due parti.

Dalle diciotto alle diciannove chiunque arrivasse chiedeva di lui. Dalle diciannove era chiaro che fosse al lavoro e dunque i nuovi arrivati si accontentavano di affermare: Piero è a lavorare.

L'aperitivo durava matematicamente meno per la gioia di Fabrizio e Giulio che potevano chiudere prima le serrande.

Anche Davide era meno felice di raccontarla al malcapitato di turno senza Piero lì ad ascoltare e, mentre gli altri erano intenti ad andare a casa, lui, Piero, lavorava da solo con il suo macchinario.

La mossa A prevedeva la successiva mossa B ed essa precedeva la mossa C.

Tutta la notte. La pace dei sensi, la routine del ratto di campagna che chiede solo di essere tranquillo e non persuaso dalla faina e dal mondo.

VII

Le donne del bar erano poche e, effettivamente, la maggior parte di loro lo frequentava per compiacenza del proprio amato. A nessuna di loro interessava perdere tempo lì dentro. Però quando si ritrovavano non perdevano un attimo per intaccare i loro discorsi.

La borsa, le scarpe, il profumo, i pettegolezzi. Sempre aggiornatissime su ognuno, non perdevano un colpo, uno scoop, una news e quando una aveva qualcosa di nuovo:

-Fabrizio un giro di rosso

Andavano matte per il vino rosso e ogni volta che per puro caso il livello alcolico degli uomini si dimostrava compatibile con il loro avveniva la connessione e i due mondi si incontravano per un istante.

Un breve momento di condivisione e serenità che si trasformava prima in scontro e poi in non considerazione appena il livello alcolemico non era più in sintonia.

Questo si ripeteva ciclicamente più volte nella serata.

Serata che spesso si trascorreva con palmi delle mani coperti dagli schermi luminosi e colorati degli smartphone.

-Mi scusi può portarmi una birra al tavolo?

-Ma non lo vedi che sto fumando?

Era lei, Alice. La donna più importante, la cameriera storica dell'H. Un articolo a parte, un'esperienza da vivere per ogni frequentatore del Bar. Apriva il locale al posto di Salvatore nei fine settimana.

La voce la si poteva sentire a continenti di distanza, il suo scazzo era visibile probabilmente da Marte. Non c'era foresto che potesse sopportare. Simpatica e affabile con i "locals", quanto stronza e perfida con chi venisse da fuori.

I foresti. I foresti erano una specie umana da salvaguardare per le casse del paese ma c'erano occasioni in cui i suoi occhi strabuzzavano e non lo nascondeva per niente.

-Scusi ma avete anche il bagno?

-No ci pisciamo addosso

O quando le chiesero una cioccolata calda a metà luglio e lei rispose serenamente che no, la neuro era chiusa.

-Un cappuccino con latte intero se no non lo prendo

-L'altro bar è a venti metri, grazie

-Vorrei due caffè con un bicchiere di acqua frizzante ma naturale

Non ci fu risposta, gli voltò le spalle mostrando il suo didietro statuario.

-Un caffè doppio in tazza grande ristretto

-Ma stiamo scherzando? Guardi che io sono qui per lavorare

Il malcapitato se ne andò senza più tornare.

-Scusate ma fate anche servizio bar?

-No qui solo demenza

Alice era così, prendere o lasciare. Ogni sabato Piero e gli altri festeggiavano il suo compleanno. Chiunque entrasse festeggiava con loro e capitava anche che offrisse da bere senza senso per un non compleanno Carroliano.

-Hai visto cos'è successo stamattina?

-...

-Ehi, l'hai visto?

-Un attimo

-… Vabbè Fabrizio fammene una che qui siamo alla lobox

Silvio guardava tutti gli altri appiccicati a quegli schermi, non che lui non lo facesse, d'altra parte era anche lui figlio di quel tempo, ma sentiva una tristezza enorme vedendo così distaccato e senza quasi anima il suo amico.

Ognuno aveva il proprio schermo, ognuno poteva non parlare con l'altro accanto ma osservare vicende di altri dispersi chissà dove. Se nel novecento era in voga la brutalità della lobotomia, in quegli anni la pratica era molto meno invasiva in termini di brutalità ma gli effetti erano praticamente gli stessi.

L'annullamento totale dei sensi, la dispersione delle menti gettate come rifiuti in calderoni digitali senza anima e corpo.

Stimolazioni false di cervelli incancreniti dai media prima, dagli smartphone poi. Azzeramento del pensiero in stile medioevale con la sola differenza che a quel tempo era l'uomo a sottoporsi a tale trattamento in autonomia, anzi, verrebbe da dire, pagava mensilmente il balzello, di sua volontà.

Trascorsi alcuni minuti Piero chiese a Silvio cosa volesse poco prima.

-Lascia stare ormai non me lo ricordo nemmeno più

Piero lo guardò con sufficienza, ordinò da bere, accese una sigaretta e tornò a guardare non si sa cosa sullo schermo.

VIII

-Con chi parlavi ieri sera?

-Quando?

-Dai ieri, sei stato tutto il tempo attaccato al telefono!

-Ah, niente lascia stare

-Lascia stare. Fabrizio due per favore!

Capitava ormai di rado che Piero e Silvio potessero parlare tranquilli, senza l'orda di persone attorno.

Piero era sempre al centro di ogni discorso mentre Silvio stava più defilato in presenza di molte persone, non adorava urlare o mettersi al centro almeno fino a quando l'alcol era ancora scarso nelle vene.

-Era sempre Lei?

-Ma no, Lei chissà dov'è

-Allora hai una nuova fiamma

-Diciamo di sì ma solo qualche messaggio

-Hai paura?

-...

Il buio era ormai attorno alle case e sopra la strada che portava Piero a casa.

-Meglio che vada

-Ciao

-Ciao

La via era ancora buia e sembrava infinita. L'amministrazione non stava amministrando.

Questa sera devo ricordarmi di non sbagliare e andare a casa diretto. Ripeteva tra se Piero.

I fari delle auto sembravano occhi di gatti randagi in cerca di cibo, il rumore degli pneumatici sull'asfalto era una stilettata nelle orecchie ed ancora una volta aveva tenuto lo sguardo troppo basso per accorgersi di aver proseguito oltre.

Il cuore iniziò a battere sempre più forte. Cosa stava succedendo? Era questa la sensazione per non avere rispettato il dogma dell'orario e della routine imposta non da un essere superiore o da una qualsiasi istituzione ma da lui stesso?

Anni trascorsi ingabbiato in regole stupide imposte da nessuno lo avevano portato davvero a tremare solo per aver sgarrato di qualche metro o minuto?

In lontananza, nel buio, intravide una sagoma ancora più scura della notte.

"E ora?"

I tremori presero a circondare il corpo.

"Se mi vede qui chissà cosa penserà? Non è la mia zona"

-Ciao

Era la voce di una donna.

Bella, soave, rilassante, delicata.

Lui sorrise, salutò con un misero sorriso e se la vide passare a fianco come scorre un fiume quando ci affacciamo alla sua riva.

Chiuse gli occhi e ne assaporò il profumo.

Gli venne la tentazione di voltarsi per inseguirla, toccarla, parlarle e baciarla forse. La paura sembrava bloccarlo, le gambe erano come immerse nel fango di quel fiume. D'un tratto decise di voltarsi, di guardarla perlomeno scorrer via. Era già scomparsa.

Non era la prima volta che gli capitava di rinunciare a qualcosa o qualcuno in nome della routine, della sua routine. Eppure, nonostante la tristezza provata, se ne fece ancora una volta una ragione e riprese la via verso casa.

IX

Il lunedì era la serata. Si presentavano davvero tutti, nessuno escluso.

Era il primo giorno di lavoro della settimana, tipicamente il più sofferto, era dunque usanza essere tutti presenti per scaricare, preventivamente, lo stress che si sarebbe accumulato durante i giorni successivi fino al venerdì sera.

Alle diciotto e trenta erano già tutti schierati, Fabrizio iniziava a spillare birre sapendo che non avrebbe terminato tanto presto.

Dario battezzava tutti quelli che varcavano la porta con le sue battute, una volta sul vestiario, una volta sulla pettinatura, altre volte sulle abitudini; ne aveva una per ognuno. Piero controllava che nessuno leggesse il giornale facendo rispettare la legge del bar.

Danilo stava al bancone a sorseggiare la sua birra salutando cordialmente chi entrava e ridendo alle scemenze degli altri. Davide raccontava qualche aneddoto inverificabile su un qualsiasi argomento. Mauro pensava a ordinare per tutti e Silvio stava seduto aspettando la voglia della prossima sigaretta.

Verso le diciannove e trenta il delirio era servito. L'alcol era quasi al massimo, le urla e gli sfottò erano ormai senza senso per chiunque non fosse entrato in quell'onda di delirio da alcol e stress.

Un lunedì un ignaro passante, straniero, eventualmente convinto che fosse la sua ora, varcò la soglia.

Gerardo, dietro al bancone, urlò:

-Raga occhio perché è straniero e non capisce

Fine.

Non ci fu tregua. Quel poveretto rideva ma non capiva le prese in giro. Non c'era cattiveria, come non c'era cattiveria quando accadeva tra loro autoctoni, ma quando si trattava di stranieri sembrava più appetitoso proprio per il fatto che loro non capissero.

Ci volle poco allo straniero per raggiungere il tasso alcolemico degli altri, anche perché "gli altri" offrivano da bere, a giro, a tutti, a volte anche agli sconosciuti, se stranieri poi.

Il putiferio di grida e sfottò andava scemando col passare del tempo e come ogni giorno chi aveva famiglia era primo ad andare via.

Piero restava spesso da solo a bere l'ultimo, con Fabrizio e Giulio. Il primo puliva la macchina del caffè, il secondo si occupava della parte dedicata agli aperitivi. Piero portava dentro gli sgabelli.

Il buio era calato ancora una volta. L'aria era fredda, Lei non si era più fatta sentire e la strada si era trasformata in un tortuoso sentiero di montagna. Ripido e faticoso, lastricato di rocce e polvere.

"Manca poco" pensava, questa volta non distolse lo sguardo e riuscì a trovare subito la via, la fatica lo aveva tenuto concentrato, i pensieri non l'avevano avvolto. La routine era consacrata.

Varcata la soglia di casa il telefono squillò.

Era un messaggio, non di Lei, di un'altra. "Cosa fai?"

Semplice e conciso, senza pretese.

Il sudore iniziò a coprire la fronte di Piero. Che fare? Rispondere o lasciare cadere la richiesta? Lasciar cadere anni di sofferenze e frustrazioni, o risponderle e liberarsi finalmente di un peso ormai enorme e senza senso?

Le sinapsi decisero altrimenti, l'alcol, parente stretto del suo status quo, ebbe la meglio e dopo la doccia si addormentò sul divano lasciando a mezz'aria ciò che era stato lanciato da lontano.

X

-Com'è andata poi ieri?

-Niente siamo rimasti Fabrizio, Giulio e io.

-Che seratona

-Tu sai cos'è l'amore?

La domanda precipitò sulla testa di Silvio e andò a schiantarsi dritta nella mente. Un colpo di pugnale sferrato nella notte nel petto di un guerriero in piena salute che mai si sarebbe aspettato di essere colpito in quel momento ma che, freddo senza batter ciglio, si fece trovare pronto di fronte a quell'assalto.

-Mi sembra una domanda appropriata per il momento

Risero i due. Silvio ne ordinò due a Giulio.

-Cosa vuoi che ti dica?

-Quello che vuoi

-Ogni cosa uscisse dalla mia bocca sarebbe banale. È talmente soggettivo da una parte e talmente tanto discusso dell'altra che ogni cosa sarebbe già stata detta. Perché cosa è successo?

-Niente, lascia stare

In quel momento arrivarono Mauro e Davide e il tono della discussione cambiò all'istante, andando a parare su quanto fosse complicato non passare al bar dopo aver lavorato tutto il giorno.

-E del pensiero di dover tornare a lavorare domani

-Giusto. Bravo Silvio. Quattro piccole Fabri

Piero chiuse gli occhi, sospirò e sorrise, la routine della sera era finalmente in atto.

-Oggi avrò fatto si è no tremila chilometri.

-Di nuovo?

-Sì

-Incredibile

-Invece io ho fatto esattamente niente

-Beato te

XI

La mattina al bar per Piero era come un rivangare i ricordi dei giorni passati. Finalmente non c'era tutto quel rumore. Salvatore lo trattava male al solito e quegli insulti così amichevoli lo riportavano alla sua tranquillità. Era come essere a casa.

-Vuoi il caffè cane?

-Sì stronzo

-Te lo macchio con lo sputo?

-Se puoi sì

-Caldo o freddo?

-Già che ci sei caldo, grazie

La povera malcapitata che si trovava per caso a prendere un semplice caffè assumeva un'espressione mista tra uno shock medio borghese pudico e una risata di compiacimento come a voler chiedere: state scherzando vero?

Prendeva il caffè la signora, ma con la diffidenza del cane che accetta cibo da un estraneo.

Salvatore rideva sotto i baffi, Piero dietro al quotidiano. Al mattino si poteva leggere in tranquillità, e leggerlo dopo il caffè macchiato alla Salvatore era qualcosa di meraviglioso.

A turno si presentavano i personaggi più insoliti. Quello che beveva superalcolici già all'alba, quello che diceva di non bere solo fino a quando qualcuno non gli offrisse da bere. Un via vai di gente di ogni tipo. La signora con la spesa, il pensionato incravattato che guardava gli altri con quell'aria di chi non gliela deve menare nessuno perché il suo dovere lo aveva fatto. Il ragazzino che aveva saltato scuola e se ne vantava senza sapere che in un paese così piccolo è un attimo essere beccati. L'esperienza è fondamentale in alcuni casi. Infatti non passava molto che fosse colto in flagrante da qualche parente serpente e spione.

La compagnia più folle del mattino era formata da “I ragazzi”, li chiamava così Piero e, di riflesso, ormai, erano “I ragazzi” per tutti.

Gente da Guinnes, no, non la birra dublinese ma dei primati. Iniziavano alle sette antimeridiane con un cocktail tipico del Paese a base di vodka, Campari e aranciata amara, chiamato “Tutta Carolina”, o, per i più pigri, amichevolmente “Carola”; o un altro a base di vodka, Aperol e succo di pompelmo, più ovviamente altri petroli vari rigorosamente del Monopolio. Non era chiaro cosa architettassero tra un drink e l'altro, fatto sta che, dopo essere spariti, si ripalesavano dopo poco e, in men che non si dica, arrivavano alle undici ad averne bevuti dieci a testa, rigorosamente senza ingerire qualcosa di solido.

Erano in quattro, Giovanni, Ale, Franco e Aldo.

Giovanni era era sempre il primo ad arrivare, circa alle sei e trenta, aspettava Salvatore fuori dalla porta in attesa del suo amaro mattutino. Per secondo arrivava il detentore del record di "Carole" bevute in una mattina, Franco. Si narrava di venticinque intrugli in meno di quattro ore, a luglio, con quaranta gradi, senza batter ciglio. La cosa più sconvolgente, però, non era tanto la quantità se non la velocità. Piero e Silvio lo avevano cronometrato, tre secondi netti per buttare giù quel petrolio raffinato, peccato per la mancanza di un notaio in compagnia per certificare l'evento. Purtroppo non era presente nemmeno Re Davide, lui, con la sua autorità, mai certificata ovviamente, avrebbe potuto validarne la veridicità.

Avrebbe potuto certificarlo l'Avvocato Renato ma, fresco di laurea, erano quasi due mesi che festeggiava l'evento ed era praticamente introvabile. La festa vera era durata due giorni, dalle ore diciassette del venerdì alle ore venti della domenica. Questo per gli altri, lui invece aveva deciso di proseguire prima di imbottigliarsi tra il traffico della città, il caos delle auto e il delirio delle carte.

Franco restava in ogni caso l'eroe delle "Carole".

Verso le nove arrivava puntuale Ale con la sua pila di gratta e vinci e Aldo insieme a lui.

Questi era silenzioso, almeno fino alle dieci, dopodiché, arrivato a quattro vodka e pompelmo in un'ora, si trasformava nel tuttologo che tutti avrebbero voluto essere.

Si arrivava in un attimo alle dodici.

Una mattina in poche ore Giovanni aveva bevuto nell'ordine: alle sei e trenta caffè corretto stravecchio, alle ore nove gin tonic, nove e quindici gin tonic, nove e venti stravecchio, giusto per spezzare, ore dieci e trenta due piccole, ore undici e trenta tre biciclette e alle dodici e trenta due bianchi per “sgrassare” un po', come era solito dire lui.

Franco si era tenuto basso sulle quindici "Carole" e due birre per darsi una pausa. Dopo aver dichiarato, poche ore prima, alle sette del mattino per la precisione, che il clima era troppo freddo per bere roba ghiacciata, il tutto sorseggiando un punch al mandarino.

Gli altri due non erano da meno ma si contenerono arrivando a sole quindici "Carole" in due.

A quell'ora Franco ogni giorno era un personaggio diverso: calciatore di serie A svizzera, guerrigliero in Africa, vetraio in Cina, dj di una qualche radio straniera, pilota del Porsche challenge, raccontava tutte le sue esperienze come se le avesse vissute davvero e gli altri lo ascoltavano. Ogni giorno il limite era sempre più lontano fino a dimenticare il punto di partenza. L'unico a rispondere seriamente era Aldo che ad ogni lavoro o esperienza lui, si lui, mai uscito dal Paese, aveva avuto un'esperienza simile o più grandiosa.

-Nell'ottantasei ho giocato in svizzera come secondo portiere del Lugano

-Io ho vinto la Champions cinese

Mentre Giovanni, che non si vantava mai di nulla e mai inventava storie infinite, se la rideva seduto sulla panchina a sinistra dell'entrata. I due tavoli a sinistra e destra erano i più scomodi del bar, ma per i residenti quelli erano i tavoli presidenziali e guai a chi ci si sedeva se era foresto.

Il telefono squillò.

"Non mi rispondi?"

Piero ebbe un sussulto. Non ricordava più il messaggio al quale non aveva dato risposta.

Restò almeno un minuto a fissare lo schermo ormai spento.

Tutto attorno pareva essersi immobilizzato.

"Che fare? Questa è pedante." Pensava.

Dentro sapeva di provare una forte attrazione per quella persona. Quel suo profumo era così delicato. Lo ricordava ancora come fosse lì. Da quella sera in cui sì sfiorarono nel buio. Gli pareva di sentire la sua voce nelle orecchie. Un motivo diabolico ostinato a non andarsene, a restare, a penetrare fino dentro ai lobi cerebrali, certo nel momento in cui fossero attivi e non anestetizzati dallo schermo inutile del cellulare intelligente.

"Se ti piace rispondile" "e poi a Lei chi lo dice" "Lei non c'è".

Eppure Lei era viva nel suo pensiero, ma "questa" gli faceva finalmente battere di nuovo il cuore. Gli faceva ribollire il sangue nelle vene. Esplodere il cranio per l'emozione anche solo a leggere il suo nome su quello schermo.

-Piero ne beviamo una?

-Due Salvo

XII

La giornata al lavoro passò relativamente veloce. Tra un movimento A e un movimento C appariva lei nella mente. Non più Lei ma l'altra, la nuova scoperta. I sentimenti erano contrastanti. Lo status quo non doveva essere intaccato. Lavoro. Cibo. Bar. Lei (praticamente mai).

-Abbiamo finito con la consegna?

-Sì abbiamo quasi terminato

-Ricordati che alle due deve essere tutto pronto

-Certo

Metodico. Serio. Mai in ritardo. Ligio. Corretto. Esempio da mostrare ad una scolaresca in gita.

Nessun pensiero lo poteva distogliere dalla mistica alienazione del suo lavoro. Era l'unica cosa che lo facesse sentire vivo nonostante lo stesse uccidendo dentro. Lentamente.

Il bar quel giorno era vuoto. Si fermò a bere una birra e arrivò a tre tra un discorso di politica e uno di sport con Gerardo.

Entrambi tifosi sfegatati delle due squadre cittadine. Il primo dell'una, il secondo dell'altra.

Nelle settimane di campionato andavano d'accordo più o meno tutti. Compresi loro due. Nelle settimane del derby le cose erano tutt'altro che rosee.

L'usanza era portare nero alla propria squadra.

-Tanto questa volta la vincete voi, siete più forti

-Ma cosa dici, ma hai visto chi siamo?

-E perché noi?

E da queste tre piccole frasi esplodeva il bar. Non importava la bandiera, importava solo dire la propria, scatenando un delirio e discussioni che duravano dal lunedì prima a sei lunedì dopo la partita.

-Ora vado va

-Si basta sono stanco

Si incamminò con la speranza di sentire ancora quel profumo. Dal vivo però, non nella sua mente, mentre quei messaggi stavano ancora lì, sospesi nel nulla, almeno fino a quando uno dei due si sarebbe stancato.

Sarebbe arrivato il giorno in cui lui avrebbe risposto, o quello in cui lei non avrebbe più scritto, mentre Lei continuava nella sua latitanza.

Iniziò a piovere, così si mise a correre, anni di birre e sigarette arrivavano a bussare tutti insieme in quei frangenti. Il fiato era zero la fatica al massimo.

Davanti a lui l'ombra di una persona che cercava riparo. Si fermò sotto un balcone, lui la scorse dal profumo. Fece finta di non notarla, la superò.

-Non ti fermi neanche a salutarmi?

Si fermò. Si girò. Fece un sorriso stupido e tornò indietro.

Era tardi. La routine non prevedeva e non tollerava certe deviazioni. E poi cosa avrebbe detto a Lei? Come si sarebbe giustificato? Chi se ne frega Lei non c'è e forse non ci sarà più!

Si fermò, appunto.

-Oh ciao

Falso. Falso come un falso. Certo che l'aveva vista, certo che si sarebbe fermato subito, chiaro che l'avrebbe presa di peso e portata a casa a trascorrere la notte in un turbinio di passione, e pure "Oh ciao". Falso. Cento volte falso.

-Allora sei così impegnato da non rispondere?

Una frase bruciante, senza passare dal “via”, o così o niente, messo subito alle corde da un uno due di quegli occhi irresistibili.

-Sì, no, ecco pensavo che…

-…

-Pensavo che forse potremmo…

Tuonò. Il rimbombo sembrava la voce di Lei ad ammonirlo.

-Potremmo...?

Lei restò quasi impassibile. Quasi, perché i suoi occhi brillavano di una certa speranza, finalmente era riuscita perlomeno ad avere un contatto.

Verbale, si intende.

Lo strascico del tuono echeggiava ancora nell’aria.

-No niente, magari una sera potremmo prendere un aperitivo insieme.

“Stupido. Inetto. Vuoi che non sappia come funziona in quel bar?”

-Certo perché no?

Il terrore per la risposta affermativa si mischiò alla gioia. Una sensazione che non provava ormai da anni. Una donna, lui e null'altro.

Si salutarono e presero ognuno la propria via.

XIII

-Oh sei arrivato?

-Si ho avuto da fare

-Davide non finisce mai più tardi delle sei

-Beato lui. Allora hai scoperto cos'è l'amore?

-No. Non ci ho più pensato. Fabrizio, fanne due che oggi è stata dura

-Io ce l'ho già

-Va beh rimorchio

-Tanto non beviamo mai

-Appunto

-Hai un'espressione diversa oggi. Hai la febbre?

-Mi sembra di no

-No non hai la febbre o no non hai un'espressione diversa?

-Entrambe

-Oggi non c'è Mauro?

-No è andato a fare un lavoro non so dove

-Sei sempre così approssimativo

-Ma se non me lo ha detto

-Non importa. Sai approssimativo. Beh ieri avete vinto

-Sì finalmente, così magari ci salviamo

-Figurati li vendete tutti a gennaio

-Sì sicuro. Così finiamo l'anno in fondo alla classifica come al solito

-Perché speravi di andare in Europa?

-Una volta ogni tanto

-Sì, credici

-Sicuro

-Due birre

-A me bianca

-Ciao Davide

-Ciao

-Sei arrivato dalla traversata?

-Quale traversata?

-Beh

-Se fai tremila chilometri al giorno

-No oggi non mi sono mosso

Matematico. Ogni volta che si dava spazio e vigore alle sue imprese era lui a smontarle.

La sua regola era: o io o nessuno.

-Beh io vado

-Ma sei appena arrivato

-Allora Fabrizio fai un'altra per Silvio e un rimorchio per Piero.

Il rimorchio era una loro usanza. Se qualcuno aveva il bicchiere pieno e un altro decideva di offrire, allora la nuova birra era denominata rimorchio. Capitavano così volte in cui i rimorchi stavano nel fusto ancora da spillare per tutta la sera da quante ne ordinavano. E sul tavolo erano presenti più bicchieri pieni di quante persone passassero in tutta la serata, in tutto il bar.

Silvio ovviamente dal voler andare a casa al berne altre quattro fece passare davvero un battito d'ali.

Seduti ai tavoli fuori le attività erano sostanzialmente tre.

Biascicare teorie estreme su qualsiasi argomento, dare voti alle ragazze che passavano ignare del pericolo e commentare i turisti che spesso si vestivano in modi poco usuali per loro.

Il tempo volava, schizzava come un proiettile fuori da una canna di fucile.

Passavano i giorni, le stagioni, senza che ci si potesse accorgere delle nuove rughe sul volto, dei figli che crescevano, dei momenti sprecati lì piuttosto che da qualche altra parte. Ovunque si trovasse quest'altra parte. Le braccia di una donna, un libro non letto, una persona da incontrare.

Tutto scorreva senza lasciare traccia visibile. Non era visibile ma dentro tracciava solchi sorprendenti. Tanto grandi ed evidenti quanto d'un tratto in un qualsiasi giorno dell'anno, poteva essere estate o inverno, caldo o freddo, arrivò un altro messaggio.

"Marta sta molto male"

Piero trasalì. Una sua cara amica, l'amica di tutti al bar, non per facili costumi ma perché era l'unica che riusciva a stare a suo agio con loro pur non mischiandosi mai.

Ora stava male, era grave.

Quando lo seppero gli altri accadde che il silenzio piombò rude e atroce su tutti. Un'ombra nera ricoprì le loro anime.

-Ora però vado davvero

-Sì anche io, meglio

-Ciao a tutti

"Marta, proprio tu".

Le parole si fermarono in gola come in un singhiozzo di un bambino in lacrime per aver perso qualcosa di importante.

La vita di Piero arrivò alla mente, un flash back inaspettato e improvviso.

Iniziò a sgranare la sua vita da quando aveva memoria di sé, fino ad arrivare alle sue scelte, alla sua attualità, la sua routine.

La vita presenta il conto quando accade qualcosa di tremendo attorno. Lascia cadere gocce di pioggia di pensieri, diluvia dentro l'essere umano mettendo a nudo e al freddo senza riparo o salvezza.

"Oggi ci sei, domani non sai, eppure sono sempre qui a chiedermi se sarebbe corretto cambiare. Se domani dovessi morire, cosa ne sarà del mio ricordo? Di uno che rideva per non cambiare?"

Quella sera di proposito non girò verso casa, proseguì. Aveva la speranza di incontrarla ancora, nel buio, senza alcun preavviso.

La desiderava. Quella sera la desiderava più di ogni altra cosa. Erano passati mesi da quella volta sotto la pioggia, sotto quel balcone, a ridosso del temporale.

Ad ogni passo chiudeva gli occhi e odorava l'aria in cerca di un profumo, anche solo simile.

Il tempo passa e il mondo è in movimento, fregandosene degli esseri umani.

Proseguì fino a raggiungere il paese vicino senza incontrarla.

Arrivò sino al primo ristorante. Decise di entrare, ordinò il piatto del giorno, chiese il giornale nonostante le diciannove fossero passate da almeno due ore. Cenò con calma. Una tranquillità mai avuta prima. Ogni boccone sembrava l'ultimo, ogni sorso di vino era esplosione di gusti e di sapori.

Aveva dimenticato tutto. Lei, l'altra, la routine, il lavoro, il telefono.

Chiese il conto e se qualcuno di servizio, andasse verso casa sua.

-Io

Rispose una donna dal fondo della sala.

Il viso di Piero, riflesso nello specchio dietro la cassa, era ormai quello di una persona avanti con gli anni. Senza più la voglia di speranza del ragazzo o il vigore dell'uomo. Un anziano svuotato della sua vitalità.

La voce di quella donna sembrò risvegliarlo. Si voltò con un barlume di speranza negli occhi, la vide era lei, l'altra, anch'essa segnata dalle rughe che il tempo disegna sui visi per ricordare a ognuno la propria storia.

-Grazie

I due si sedettero in auto. Nessuno parlò per tutto il viaggio

-Io vivo in via Roma

-D'accordo

Piero ringraziò, scese faticosamente dall'auto, salutò e la chiave entrò, come sempre, nella toppa solitaria del portone.

www.ingramcontent.com/pod-product-compliance
Ingram Content Group UK Ltd.
Pitfield, Milton Keynes, MK11 3LW, UK
UKHW020218250726
13967UKWH00001B/74

9 780244 502782